DATE DUE	
APR 28 2011		
NOV 28 2011		

Reyes sin coronas

Título: *Reyes sin coronas*
Autor: Miguel Barnet

Carretera León-La Coruña, km. 5 - LEÓN
ISBN: 84-241-7970-6
Depósito Legal: LE. 190-2000
Printed in Spain - Impreso en España

EDITORIAL EVERGRÁFICAS, S. L.
Carretera León-La Coruña, km. 5
LEÓN (España)

FÁBULAS AFROCUBANAS

Reyes sin coronas

Miguel Barnet

Ilustraciones de Enrique Martínez

EDITORIAL EVEREST, S. A.

El Principio

Hubo un tiempo, al principio de todo, en que el Cielo estaba lleno de pájaros y animales. El Cielo era como es hoy la selva.

Un día empezó a llover. Llovió durante 30 días y 30 noches.

Todos los animales se escondieron debajo de una nube para no mojarse, pero no cabían y, empapados, empezaron a sentir frío y hambre.

Enviaron al gallo de emisario abajo, a la Tierra, a buscar el fuego para calentarse. El gallo descubrió un maizal y se quedó comiendo.

El resto de los animales seguían temblando de frío, hasta que decidieron bajar a la Tierra y allí encontraron al gallo, muy feliz, hartándose de maíz.

Y como castigo, por egoísta, el gallo no vuela, pero eso fue, según cuentan, el principio de todo, cuando los animales vivían en el cielo.

Por qué la jicotea carga con su carapacho

Reinaba el supremo Changó. Era el cuarto rey de la tierra Baribá. El mayor de todos los orichas en el Continente Dún-dún. Reinaba solo, hasta un día que conoció el amor.

Ahora reinaba con su prometida, la dueña y señora del Ibú.

Como dueña, iba todos los días al río y le traía las más bellas piedras a su futuro esposo. Piedras y raíces de mangle, que eran sus manjares preferidos.

Y al cabo del tiempo se realizaron sus bodas en la tierra Oyó.

Todos los animales del bosque asistieron ofrendándoles diferentes regalos.

Changó y su mujer Ochún se sentaron en el trono y fueron marido y mujer, rey y reina.

El pavo real se colocó en el centro de todos los animales para que el Rey y la nueva Reina le vieran la cola: verdiazul, rojiblanca, como de abanico multicolor. Changó, al verlo tan, pero tan vanidoso, lo mandó salir de la celebración.

La nueva Reina de todos los confines del bosque le preguntó:

—Ven acá, mi marido, ¿por qué sacaste al pavo real de la fiesta?

Changó contestó:

—Por dos razones. Porque el Rey supremo de estas tierras se llama Changó, y soy yo, y porque no me dejaba ver con sus plumas si la jicotea estaba presente.

Como era de esperar, la señora jicotea, no se encontraba.

Inmediatamente, muy enojado, envió al colibrí de mensajero hasta la casa de la jicotea.

Mucho tiempo después, lenta y perezosa se presentó la jicotea ante los reyes.

—Perdóname, pero a mí me gusta estar siempre en mi casa.

Changó, muy molesto, sentenció:

—Pues no vas a salir más nunca de tu casa, por toda la eternidad.

Y desde ese día, por hablar más de la cuenta, tiene que cargar con su carapacho a donde quiera que va. Y el duro carapacho-casa de la jicotea, pesa, pesa.

Todo el que hace mal recibe su castigo

Todos los animales salen de un mismo creador, son amigos, es decir, van juntos, se cuidan unos a los otros, comparten la comida, van a cazar en procesión, a bañarse en los ríos y las lagunas como la jicotea y el cuervo, que aunque no se parecen, se juntan para pasear, salen a tomar el sol, cruzan los caminos, en fin, la historia de nunca acabar.

En un principio ésa era la historia. Pero siempre hay un problema, hasta en la vida de los animales. Y el problema era entre el pavo real y la gallina guinea. Problema de reyes. Porque ¡ah!, Olofi, el Rey, tenía su predilección. Una predilección marcada hacia su favorito el pavo real: Agüé, como él mismo lo había bautizado.

Agüé pa'cá y Agüé pa'llá, Agüé esto y Agüé lo otro.

El pavo real no salía del Palacio de Olofi.

En todos los bailes, Agüé.

En todas las fiestas, Agüé.

En todas las comidas, Agüé.

En todas las bodas, Agüé.

En todos los cumpleaños Agüé, Agüé, Agüé, y...

Y todo porque el pavo real tenía Agüoró, que quiere decir corona, la corona más linda de todo el reinado de Olofi.

Una noche Olofi preparó un banquete en su palacio.

Como era de esperar, pensó en el pavo real para que recibiera a sus invitados en la puerta.

Pero para sorpresa de Olofi, Agüé le contestó negativamente.

—¿Qué te ocurre? ¿Quién te hace daño Agüé? ¿Con quién estás disgustado?

—Es la pícara de Etú que como también tiene corona se cree con derecho a humillarme y me presume su coronilla constantemente.

Olofi se indignó y mandó un decreto, por medio del cual se resolvía decapitar a todas las gallinas guinea del bosque.

Las guineas, asustadísimas, huyeron, se escondieron, pero nada; perseguidas y sin protección, fueron despojadas de sus hermosas y jaspeadas coronas de plumas.

Los mismos pavos reales hacían de verdugos.

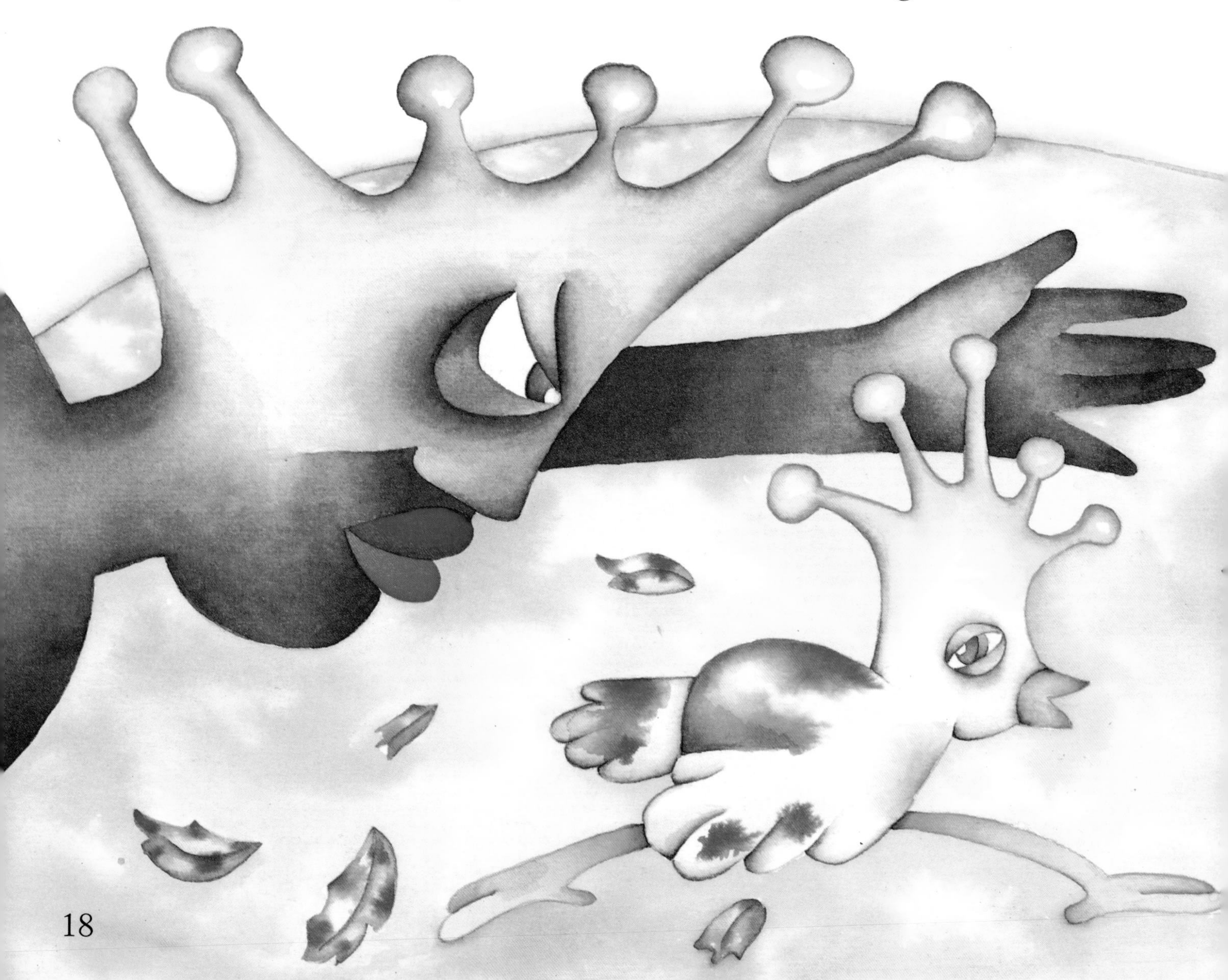

En la plaza de la aldea descoronaban a las tristes guineas.

Aquello sembró el pánico. Los pavos reales eran temidos hasta por sus mujeres.

Pasó algún tiempo de terror y ya no quedaban guineas con corona. Los únicos eran los pavos reales, los privilegiados del reino.

Agüé se contoneaba muy pretencioso, abriendo una multicolor cola que Olofi contemplaba con orgullo.

—¡Qué hermoso eres Agüé! Tú eres, desde ahora, el único pájaro con corona.

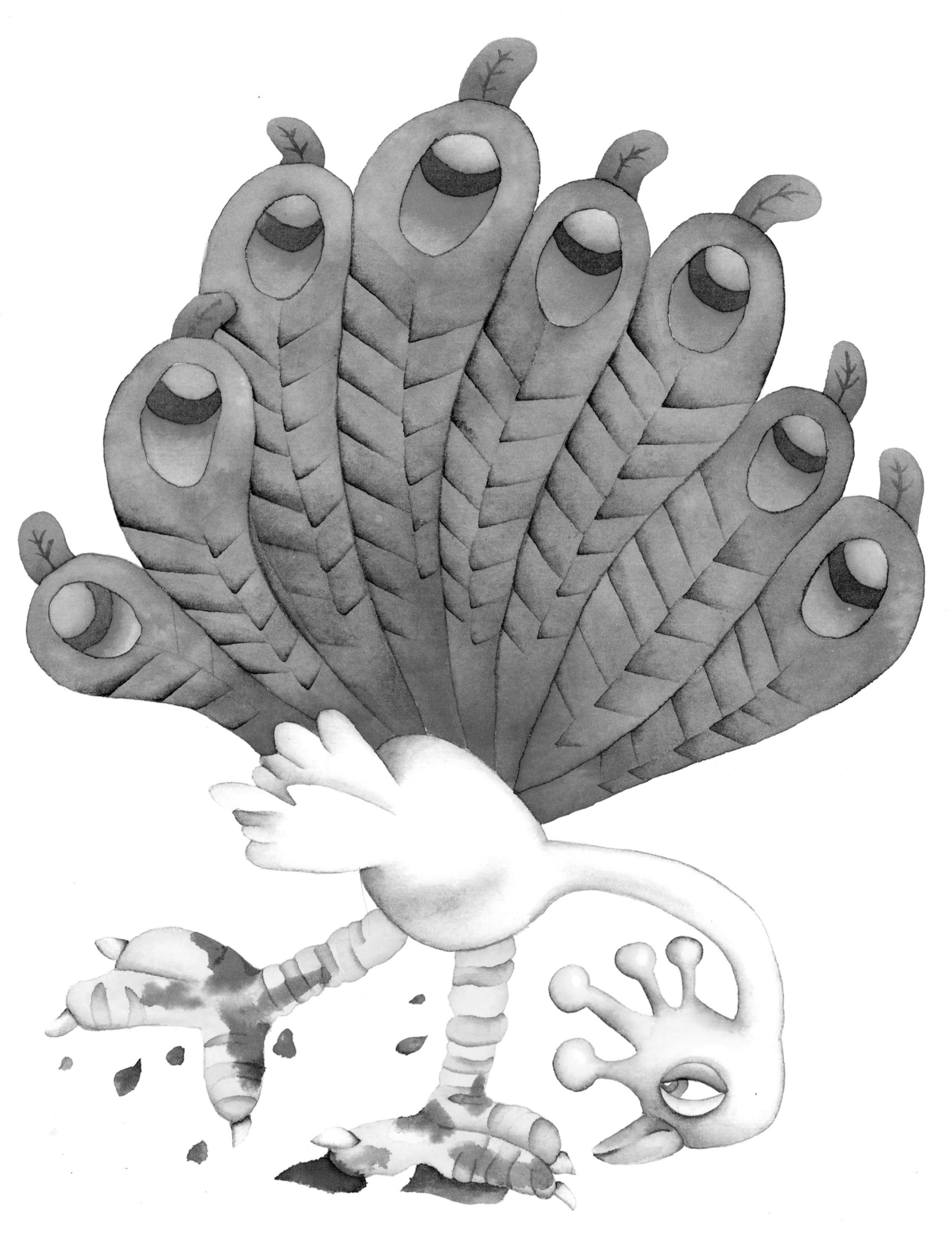

Pero en eso Olofi le mira a las patas y ve que las tiene horrendas, manchadas de sangre y purulentas.

—¿Qué es eso, Agüé?

Agüé, que no lo había notado, baja la cabeza y ve con asombro sus horribles patas y del susto muere al instante. Y es que Etú lo había castigado, y mientras él cortaba coronas ella derramaba sangre y le manchaba las patas, afeándolas para siempre.

Olofi no utilizó más los servicios de Agüé.

Por eso dice la fábula que el rey es siempre rey, y el súbdito, súbdito.

Los pavos reales abren su telón de plumas, de vez en cuando, pero nunca se miran los pies. Saben que los tienen tan feos que si se miran, mueren, como Agüé, del susto.

La guinea que castigó al pavo real también recibe su castigo.

Ojo por ojo y diente por diente.

En la tierra de Olofi, y todos sus alrededores, las degüellan, y así pierden sus coronas.

Todo el que hace mal recibe un castigo, más tarde o más temprano, pero lo recibe.

Si no, ¿para qué están las fábulas?

El castigo de Olofi

Osaín del monte es un personaje muy singular. No tiene hermanos, ni se le conoce padre ni madre. Es el médico del monte, el correveidile, el tirador que quiere irritar a todos. Maneja hábilmente el arco y la flecha con una sola mano. A pesar de ser tuerto, cojo y manco.

Es Elecán, que significa tuerto.

Es Odeté, que quiere decir cojo.

Es Ofatán, que se entiende como manco.

La leyenda dice que tiene la boca torcida, la cabeza grande como un melón y que habla fañoso.

Dice: “No ña y ña no” y eso es lo que repite cada vez que alguien lo va a molestar en su casa del monte.

Chifla por las noches cuando ni las hojas se sienten. Y su chiflido penetrante es temido por todos los animales del monte.

Pero no siempre fue así; ahora vamos a contarles por qué Osaín terminó siendo tuerto, cojo y manco.

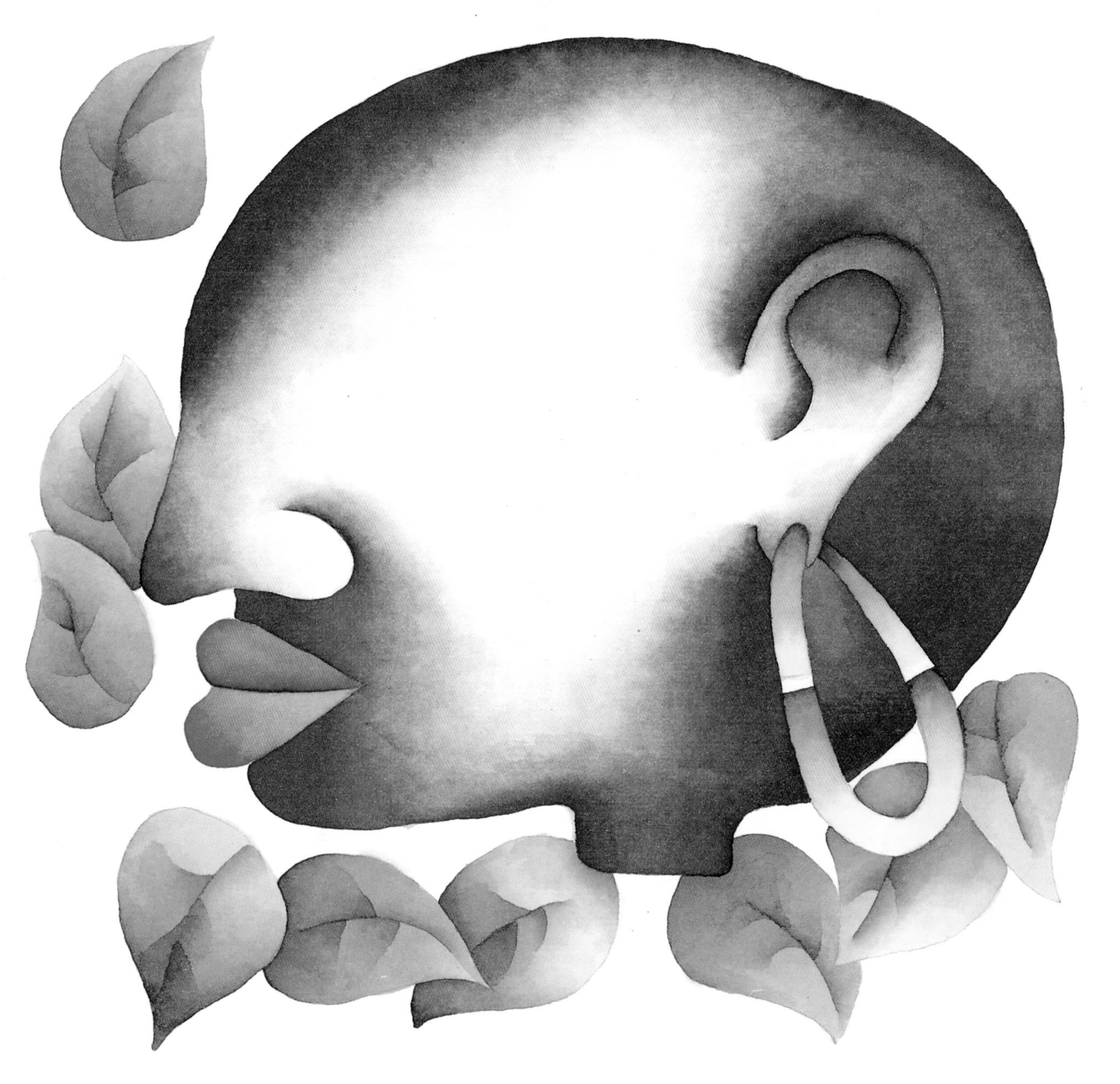

Osaín era muy travieso y usaba sus flechas sólo por maldad.

Un día le dio por tirarle a la luna que estaba medio negruzca y gastó todas sus flechas. Por eso fue a ver a Olofi, el proveedor, y le dijo:

—Oñe Olofi ño ña no tengo flechas.

Olofi se compadeció de él, y le regaló un cartucho repleto de flechas de Jiquí.

Inmediatamente salió con sus dos perros a cazar jutías, cerdos y guineas.

Al enterarse Olofi de que Osaín andaba acabando con la fauna del monte mandó un mensaje con el colibrí para advertirle que le prohibía cazar venados (el venado era el animal sagrado y preferido de Olofi). Pero Osaín, que no oía consejos de nadie, se enojó y rompió el mensaje.

A la mañana siguiente pasó un venadito, muy tierno, casi acabado de nacer.

Osaín le tira y el flechazo le da en la parte blanda de la frente.

El animal cayó muerto sobre la hierba.

Y para allá corrieron los perros a recogerlo con los dientes.

Al acercarse, se espantaron al ver la cara del venadito, que era horrorosa, y huyeron temerosos.

Cuando Osaín se acercó se dio cuenta de que el animal muerto seguía con los ojos abiertos, con ojos de terrible venganza, como anunciándole a Osaín que recibiría su castigo.

Y el castigo, según la leyenda, fue que Osaín, en sus fechorías, se quedó como se quedó, como se le ve hoy: hecho de palo, cojo, tuerto y manco. Elecán, odeté, ofatán.

Y aquí termina este cuento.

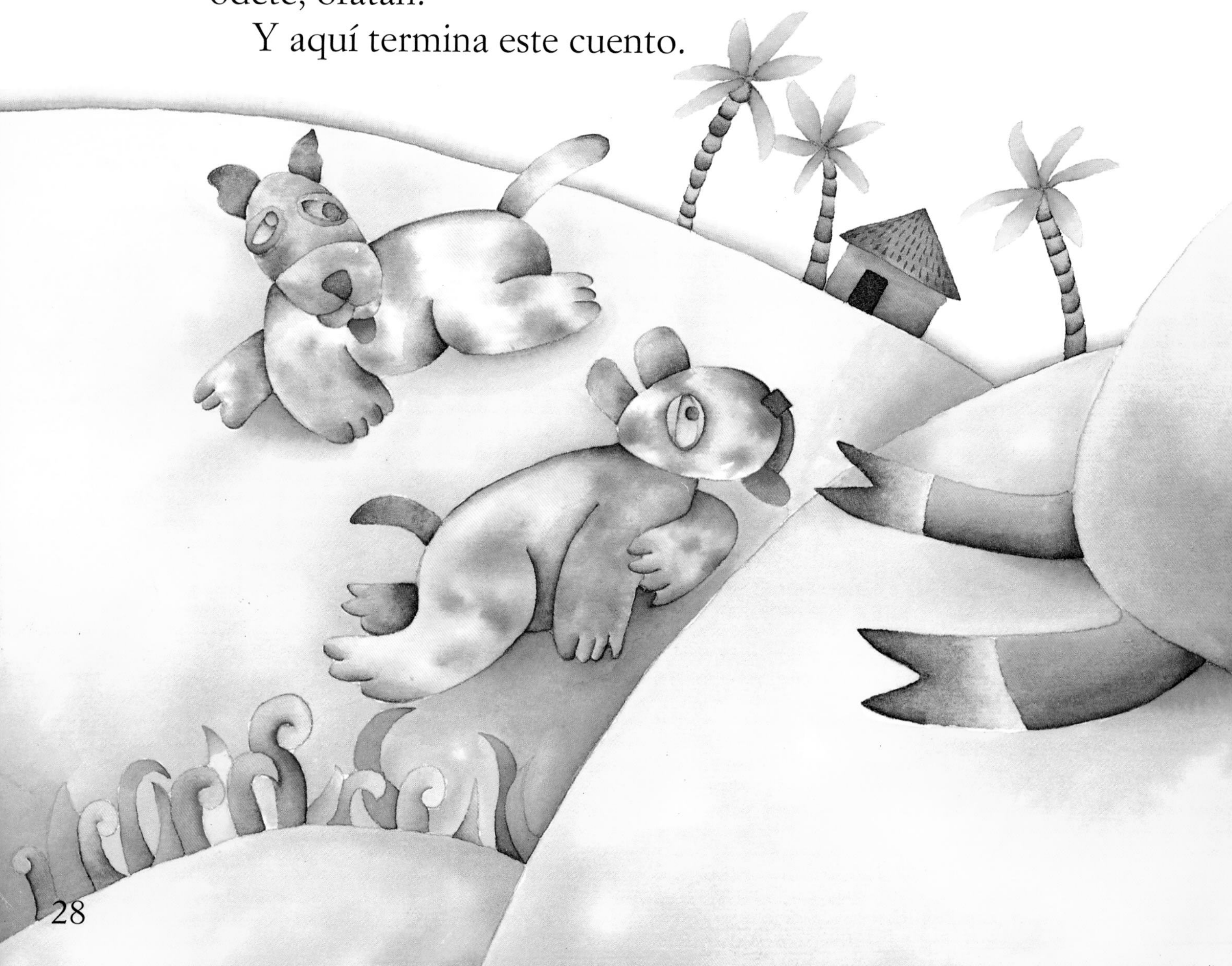

Glosario

Agüé: pavo real
Baribá: tribu, nación lucumí
Carapacho: caparazón
Changó: dios de la Tierra, de las fiestas, del fuego, del rayo y del trueno
Dún-dún: negro
Elecán: tuerto
Etú: gallina de Guinea
Fañoso: gangoso
Gallina guinea: poco mayor que la gallina común, es de cabeza pelada. Originaria del mismo país que su nombre indica
Ibú: río
Jicotea: animal de agua dulce, parecido a la tortuga
Jiquí: árbol que alcanza gran altura y cuya madera es dorada con vetas oscuras
Jutía: mamífero roedor, comestible y parecido a la rata
Mangle: planta de grandes raíces superficiales y grandes troncos
Ilé: tierra, monte, casa
Ochún: diosa dueña de la sensualidad y de los placeres
Odeté: cojo
Ofatán: manco
Olofi: dios supremo
Orichas: dioses
Osaín: deidad del monte